ORAISON FUNÈBRE

DE

LOUIS XVIII,

ROI DE FRANCE ET DE NAVARRE.

ORAISON FUNÈBRE

DE TRÈS-HAUT,
TRÈS-PUISSANT ET TRÈS-EXCELLENT PRINCE

LOUIS XVIII,

ROI DE FRANCE ET DE NAVARRE,

PRONONCÉE

DANS L'ÉGLISE ROYALE DE SAINT-DENIS, LE 25 OCTOBRE 1824,

PAR M. L'ÉVÊQUE D'HERMOPOLIS,

PREMIER AUMÔNIER DU ROI.

A PARIS,

DE L'IMPRIMERIE ROYALE.

1824.

ORAISON FUNÈBRE

DE LOUIS XVIII,

ROI DE FRANCE ET DE NAVARRE.

Ego occidam, et ego vivere faciam ; ego percutiam , et ego sanabo ; et non est qui de manu mea possit eruere.

C'est moi qui fais mourir, et c'est moi qui fais vivre ; c'est moi qui blesse, et c'est moi qui guéris ; et nul ne peut se soustraire à ma souveraine puissance. (*2.ᵉ Cant. de Moïse.*)

MONSEIGNEUR *,

Sans doute que l'histoire des siècles passés nous offre des époques étonnantes qui devoient laisser après elles de longues et profondes traces dans l'avenir : mais je ne sais si les annales du monde présentent rien de comparable à ce que l'Europe a vu depuis trente-cinq années, et s'il existe une

* M.ᵍʳ le Dauphin.

1

autre époque d'une égale durée, qui soit aussi frappante par la multitude, par la rapidité, par la nature même des événemens. Où trouver ailleurs, dans un si court espace de temps, de si grandes calamités pour les peuples, de si grandes catastrophes pour les Rois, et tout-à-la-fois pour les uns et les autres de si merveilleuses restaurations après tant d'effroyables bouleversemens? et comme ici le cœur du chrétien se tourne sans effort vers celui dont la pensée se joue dans cet univers, qui préside aux destinées des nations comme aux mouvemens des astres, et seul a le droit de dire : « C'est » moi qui fais mourir, et c'est moi qui fais vivre; » c'est moi qui blesse, et c'est moi qui guéris; et » nul ne peut se soustraire à ma souveraine puis- » sance! » *Ego occidam, et ego vivere faciam; ego percutiam, et ego sanabo; et non est qui de manu mea possit eruere.*

Voyez d'abord notre France, déchirant ses entrailles de ses propres mains, passant de ce qu'il y a de plus extrême dans la licence à ce qu'il y a de plus extrême dans la tyrannie; faisant revivre tout le courage des anciens martyrs en déployant toute la férocité des anciens persécuteurs; épouvantant l'univers par ses forfaits comme par ses victoires; brisant, après l'avoir adorée, l'idole sanglante de la liberté, pour courber sa tête sous le joug d'un maître; et, ce qui n'est pas moins prodigieux, finissant par recevoir au milieu d'elle avec transport ce Roi qui, après vingt-cinq ans d'exil, vient s'asseoir sur son trône, aussi naturellement que le père de famille, après une longue absence, se retrouve au milieu de ses enfans.

Au-dehors, qu'a-t-on vu? Le trône pontifical est trois fois abattu et trois fois rétabli. D'antiques dynasties tombent pour se relever, et des rois nouveaux ne paroissent un instant sur le théâtre du monde, que pour en disparoître à jamais. Des guerres nationales semblent pousser des populations entières sur les champs de bataille et menacer de convertir en désert le sol qu'elles habitent. Par-tout la civilisation, comme le christianisme, paroît être sur le penchant de sa ruine : l'Europe est ébranlée, bouleversée, et comme démolie; et tout-à-coup elle est reconstruite sur ses anciens fondemens. Enfin, après avoir passé par tous les genres d'épreuves et de traverses, la religion triomphe avec son auguste chef, rentre avec lui dans la capitale du monde chrétien, et peut encore faire entendre sa voix du sein de cette Rome, qui depuis dix-huit siècles est toujours combattue et toujours victorieuse, et qui, destinée à régner par l'évangile, quand elle ne peut plus régner par les armes, est véritablement la ville éternelle.

Que le matérialiste ne voie dans cet ensemble d'événemens que les jeux de je ne sais quel aveugle

1..

hasard, c'est le délire de la raison humaine. Que le politique se borne à étudier les ressorts secrets et l'enchaînement des causes secondes qui ont dû concourir à produire ces étranges phénomènes : sans dédaigner ces recherches utiles, le philosophe chrétien porte plus haut ses pensées ; il s'élève jusqu'au trône de celui qui tient dans ses mains puissantes les rênes du monde, et sait, quand il lui plaît, frapper les rois par les peuples, et les peuples par les rois. Oui, sachons reconnoître en tout cette Providence qui règle le sort des empires comme celui des particuliers, qui dompte par l'expérience les nations indociles à la raison, les ramène, comme malgré elles, à l'autorité par la licence, aux lois par l'anarchie, à la religion par les excès monstrueux de l'impiété, guérit dans sa miséricorde, après avoir blessé dans sa justice ; et redisons encore avec Moïse les paroles qu'il met dans la bouche de Dieu même : « C'est moi qui donne » la vie et la mort, et personne ne peut échapper à » ma toute-puissance. » *Ego occidam, &c.*

Le Ciel, Messieurs, a voulu que le Monarque qui est plus particulièrement aujourd'hui l'objet de nos pieux regrets, loin d'être étranger à ces événemens extraordinaires, y fût mêlé sans cesse ; qu'il en ait été le témoin, la victime ou l'instrument ; qu'il y ait occupé une place dont l'histoire conservera l'immortel souvenir. Le malheur l'a préparé à régner avec gloire. Voyons-le dans la disgrâce comme dans la prospérité, tantôt enveloppé dans les desseins d'une Providence sévère qui punit, tantôt servant aux desseins d'une Providence miséricordieuse qui pardonne. Français de toutes les conditions, de tous les âges, ne craignez pas de fixer vos regards sur lui dans toutes les conjonctures de sa vie : vous le trouverez toujours digne d'admiration et d'amour, toujours se conduisant en Roi, dans l'infortune par sa magnanimité, sur le trône par sa sagesse. Tel est l'éloge que nous consacrons à la mémoire de TRÈS-HAUT, TRÈS-PUISSANT ET TRÈS-EXCELLENT PRINCE LOUIS XVIII.e DU NOM, ROI DE FRANCE ET DE NAVARRE.

PREMIÈRE PARTIE.

Vers le milieu du dernier siècle, une secte impie et séditieuse éleva la voix avec l'éclat de la trompette, pour crier aux peuples que le christianisme est une superstition, et la royauté une tyrannie. Elle mit en œuvre tout ce que le libertinage de l'esprit pouvoit inventer pour justifier la corruption du cœur, pour inspirer la haine de la religion et le mépris de ses ministres, pour remuer dans l'homme l'amour si vif de l'indépendance ; par-tout les anciennes croyances en sont ébranlées, les liens de la subordination se relâchent, la licence des écrits passe dans les mœurs publiques : on semble vouloir s'affranchir de toute espèce de joug, n'avoir de maître ni au ciel ni sur la terre; et l'on peut bien dire que le trône et l'autel étoient renversés dans les opinions, avant de l'être en réalité.

C'est dans ces sinistres conjonctures que la naissance appelle au trône ce Prince de sainte mémoire, d'une ame si pure, d'une raison si saine, d'une instruction si solide, d'un amour si vrai pour son peuple, et qui devoit être le martyr de sa bonté comme de sa foi. Jamais Prince ne fut plus digne d'être heureux, et jamais Prince n'a été plongé dans un abîme plus profond de maux et de douleurs. Sa politique étoit dans son cœur : faut-il s'étonner qu'elle ait pu être trompée quelquefois par sa tendre humanité? Les bienfaits qu'il répand au commencement de son règne, les réformes désirées qu'il opère, annoncent que les Français ont dans lui un père plutôt qu'un Roi. Tout semble lui promettre de brillantes destinées, lorsque quelques embarras dans les affaires publiques font agiter des questions délicates sur l'origine et l'étendue du pouvoir. Les habitudes luttent bien encore contre les doctrines nouvelles: mais l'obéissance est trop raisonnée pour être bien profonde ; l'esprit du siècle l'emporte ; bientôt un cri se fait entendre, qui devoit être comme le présage de longues et violentes tempêtes. On demande, on appelle avec de bruyantes clameurs la convocation de nos anciennes assemblées politiques ; les sages sont dans la crainte, les novateurs ont tressailli de joie.

Voici donc que le meilleur, le plus confiant de tous les Rois s'entoure de ses sujets, comme un père de ses enfans. Mais à peine le grand conseil de la nation est réuni, que la révolution commence. Messieurs, je ne suis point ici pour accuser les hommes ; je laisse à l'histoire le soin de nommer les personnages, de les peindre avec les traits de l'inflexible vérité, de les traduire tous, sans distinction de rang et de naissance, au tribunal de la postérité, pour y être jugés par leurs doctrines et leurs œuvres. Je n'oublierai pas que les lèvres du prêtre doivent être *dépositaires* de la charité comme *de la science* * : ce n'est pas du haut de la chaire d'un ministère de paix et devant les restes vénérables d'un Prince pacificateur, que je ferai entendre des paroles de haine et de discorde ; mais aussi je n'aurai pas la foiblesse de taire les excès, et d'épargner l'esprit de perversité qui sera la honte éternelle de ces derniers temps.

Comment se fait-il qu'au sein d'une assemblée qui renferme tant de lumières, tant de talens et même tant de vertus, il se forme des orages qui, après avoir grondé long-temps sur le trône et

---

* *Labia sacerdotis custodient scientiam.* (Malach. chap. 2, v. 7.)

l'autel, finissent par les briser? C'est que la plupart
de ses membres, plus ou moins imbus de fausses
maximes, se laissent dominer par une faction irré-
ligieuse et turbulente, qui se joue également de Dieu
et des hommes, et veut tenter une expérience sur la
société, au risque de la bouleverser tout entière.
On ne craint pas de dire hautement qu'il faut tout
changer : changer les lois, changer les mœurs,
changer les hommes, changer les choses, changer
la langue, tout détruire ; oui, tout détruire, parce
qu'il falloit, disoit-on, tout recréer. De là cette sau-
vage déclaration *des droits*, qui n'étoit propre qu'à
étouffer le sentiment des devoirs et qu'à faire de
la France un amas de ruines. Laissez-les fermenter
dans les esprits ces levains de discorde et de cupi-
dité, et l'on verra que, pour avoir eu l'imprudence
de semer de mauvaises doctrines, on aura le malheur
de n'en recueillir que des crimes ; et l'on verra se
vérifier cette parole du plus grand des orateurs,
que là où tout le monde est maître, tout le monde
est esclave.

En vain le sage Monarque, alarmé des maux
dont il voit l'État menacé, cherche à les prévenir
par une royale condescendance*, qui, s'accordant
avec les vœux exprimés dans toutes les provinces,
devoit alléger pour le peuple le fardeau des charges
publiques, et satisfaire, ce semble, les esprits les

---

* *Déclaration des intentions du Roi,* lue dans la séance du 23 juin 1789.

plus difficiles : son autorité est méconnue comme sa bonté, et l'on ose ne voir dans les bienfaits du Roi que les présens de la tyrannie. O génération incrédule et perverse! *Generatio perversa et incredula!* tu insultes à la main paternelle qui veut te sauver : eh bien! le bras du Tout-puissant va s'appesantir sur toi; long-temps tu porteras la peine de ta folle audace; tu te rouleras de changement en changement, d'excès en excès, d'abîme en abîme, déchirée, ensanglantée par tes propres fureurs, opprimée par tes lois, opprimée par tes gouvernemens divers; et tu ne trouveras de sécurité qu'à l'ombre d'institutions analogues à celles que tu repousses de la main de ton Roi, et que viendra te donner un jour son auguste frère.

Poussée en quelque sorte par le génie de l'impiété et de la destruction, la France ne sait plus où s'arrêter. Tout ce qu'il y a de plus monstrueux, la spoliation, le sacrilége, la corruption publique, le meurtre, sont devenus un système : aussi les calamités et les excès de huit siècles semblent s'accumuler sur notre patrie dans l'espace de huit années. Mais, au milieu de tant de noirs forfaits, il en est un qui se fait remarquer plus que tous les autres ensemble : ma bouche se refuse à le nommer; je ne veux qu'entendre ici la parole inspirée du prêtre du Dieu vivant : *Fils de Saint Louis, montez au ciel.* Oui, c'est dans les cieux que je le vois, entre son héroïque sœur et le plus saint de ses ancêtres , devenu comme eux l'ange tutélaire de la France , après avoir été victime de son amour pour elle.

On diroit que cette France nouvelle qui a cherché sa régénération dans le crime , aspire à être barbare au centre du monde civilisé ; tant elle s'étudie à n'avoir rien de commun avec le reste des peuples. Ses manières , ses habitudes , sa langue, prennent un caractère hideux ; les dénominations les plus ignobles sont des titres d'honneur ; tout est changé, jusqu'aux noms des mois et des jours ; tous les signes du culte public ont disparu , Dieu n'a plus de temple , et l'on sait pour la première fois ce que c'est qu'un peuple sans religion.

Non , la France n'est plus dans la France même ; il faut la chercher hors de ses frontières : le crime est au-dedans , la gloire est au-dehors ; elle s'est réfugiée dans les camps. Mais ô lamentable effet de tant de discordes impies! Je vois des Français armés contre des Français , le frère contre le frère , le père contre le fils. Leur patrie est commune , leur valeur est égale ; leurs bannières sont différentes. Un jour viendra que le mur de division qui les sépare , tombera pour jamais : il n'y aura plus ni vainqueurs ni vaincus , il n'y aura que des Français ; leurs épées seront unies comme leurs cœurs ; ils reposeront sous la même tente , ils se rallieront au même panache blanc du petit-fils de Henri IV ; ils combattront, ils triompheront ensemble au même cri d'honneur et de fidélité.

Mais ce prodige de réconciliation, à qui le devons-nous ? A ce Roi même que vous m'accusiez peut-être de perdre trop long-temps de vue, et qui a été si grand dans l'adversité. Certes, Messieurs, c'est un beau spectacle que celui d'un Prince qui tombe sans se dégrader ; que dis-je ? qui trouve dans le malheur une source de gloire. L'histoire dira quelles furent sa conduite et ses vues politiques dans ces premières campagnes dont l'issue devoit être si funeste à sa cause, et la postérité saura que si la fortune trahit ses drapeaux, elle ne le fit jamais descendre au-dessous de ses hautes destinées. Si vous le suiviez dans les diverses contrées du midi et du nord, à Vérone, sur les bords du Rhin, à Blankenbourg, Mittau, Varsovie, Hartwell, vous trouveriez que, frère de Roi, Régent du royaume, Roi enfin, il montra par-tout un caractère plein de force et de magnanimité.

Voulez-vous savoir quelle idée il se faisoit de la royauté ? Il va lui-même vous l'apprendre. Après la mort de l'Enfant-Roi, dont les grâces touchantes, la candeur, l'innocence, n'avoient pu attendrir ses bourreaux, il écrivoit à ce Prince qu'il se plaisoit à nommer son fils : « La sanglante couronne qui » vient de tomber sur ma tête, passera, suivant toutes » les apparences, un jour sur la vôtre. Ainsi réflé-

2..

» chissez plus que jamais à vos destinées futures,
» et dites-vous souvent : Le sort de vingt-cinq
» millions d'hommes dépendra un jour de moi. »
Paroles non moins sublimes que pleines de cette
bonté naturelle à une race de Princes qui n'ont
jamais vu dans la royauté que le devoir de rendre
les peuples heureux.

Obligé de quitter l'Italie, où il s'étoit réfugié, il
va se placer au poste qui est le plus digne de lui; il
se rend au milieu de cette armée à laquelle le héros
qui la commandoit a donné son nom : ici encore
ses espérances sont trompées ; mais, du moins, il
aura plus d'une fois l'occasion de montrer une intré-
pidité plus rare peut-être que celle qui fait gagner
les batailles. Je n'en citerai qu'un seul exemple. Il
étoit à Dillingen, près du Danube, lorsqu'il est
frappé à la tête d'un coup parti d'une main homi-
cide : le sang coule ; ses fidèles serviteurs accourent
alarmés. « O mon maître, s'écrie l'un d'eux, si le
» misérable eût frappé une demi-ligne plus bas ! —
» Eh bien! mon ami, répond le Roi tranquillement,
» le Roi de France se nommeroit Charles X. »

Fugitif, trouvera-t-il quelque part un lieu de
repos ? Paul I.er lui offre un asile dans ses états,
et Louis se fixe à Mittau. C'est là que le Ciel lui
envoie une consolation bien douce au milieu de tant
de rigueurs. Son cœur s'occupoit avec une sollicitude toute paternelle du sort de l'auguste fille du

Roi son frère ; il appeloit de tous ses vœux le moment où il pourroit la voir auprès de lui, et l'unir
au jeune Prince à qui sa main étoit destinée. Enfin
elle arrive. « Elle est à nous ! s'écrie le Roi ; nous
» ne la quitterons plus ; nous ne sommes plus
» étrangers au bonheur. » A son aspect, que de
larmes d'attendrissement et de joie coulent des yeux
de ces serviteurs dévoués, de ces gardes fidèles,
qui veillent maintenant autour de la personne d'un
Roi malheureux, après avoir, quelques années au-
paravant, bravé la mort pour sauver cette Reine
aussi magnanime qu'infortunée, objet de tant de
haine et pourtant digne de tant d'amour ! Les deux
époux seront unis sous les auspices de cette religion sainte qui seule a des remèdes pour tous les
maux et des consolations pour toutes les douleurs :
un autel modeste, paré de quelques fleurs, reçoit
leurs sermens. Ce ne sont pas ici les pompes du
palais de leurs aïeux : j'y vois quelque chose de plus
grand encore dans sa simplicité ; c'est la réunion
tout-à-la-fois de ce que l'infortune a de plus sacré,
la naissance de plus illustre, la vertù de plus tou-
chant. La fille des Rois et un petit-fils de France
obligés de chercher dans ces régions lointaines un
asile pour y célébrer leur union ; quel spectacle !
Dieu de Saint Louis, vous veillerez sur ses enfans, vous les conserverez pour nous, et nous les
verrons sur les marches du trône, pour la conso-

lation du Roi leur père et pour le bonheur de notre patrie.

Cependant la France, fatiguée de ses propres excès, soupiroit après un autre ordre de choses, et tout va prendre en effet une face nouvelle. Le jeune capitaine qui, après avoir conquis l'Italie, étoit allé porter la guerre en Orient, reparoît sur le sol français; tous les regards se tournent vers lui comme vers un libérateur; une révolution prompte, sans être sanglante, le place à la tête des affaires publiques, sous une dénomination modeste, qui bientôt ne suffit plus à son ambition immense; dédaignant la gloire de Monk, il aspire à être un nouveau Charlemagne par sa puissance comme par ses titres. Jamais homme peut-être n'avoit autant que lui conçu le projet d'une monarchie universelle. Rien ne résiste à ses indomptables légions; il entre en vainqueur dans la plupart des capitales de l'Europe. Il veut que sa race efface les plus anciennes dynasties : ses frères seront rois, ses sœurs seront reines, des princes souverains seront ses vassaux. Son nom seul inspire la terreur; et l'on peut lui appliquer cette parole de l'Écriture, que la terre est restée, en sa présence, muette, immobile de saisissement et d'épouvante : *Siluit terra in conspectu ejus.* Son heure n'est pas encore venue : il s'élève malgré tous les obstacles; il tombera malgré tous ses efforts.

Le voilà bien au faîte de la grandeur et de la puissance, et toutefois il est effrayé au seul nom de Louis XVIII, Prince désarmé, errant de contrée en contrée : ses craintes mêmes sont comme un hommage rendu forcément à la légitimité. Il fait faire une proposition qu'un Roi, fût-il réduit au dernier degré de l'infortune, ne doit jamais entendre. L'Europe connoît cette réponse de Louis, si souvent répétée, et que vous me reprocheriez de ne pas répéter encore en ce jour : « J'ignore les desseins de Dieu sur moi » et sur mon peuple; mais je connois les obliga- » tions qu'il m'a imposées. Chrétien, j'en remplirai » les devoirs jusqu'au dernier soupir; fils de Saint » Louis, je me respecterai jusque dans les fers; suc- » cesseur de François I.er, je veux toujours pouvoir » dire avec lui : *Tout est perdu, fors l'honneur.* »

Ce sentiment de royale fierté ne l'abandonnera jamais. Et si je n'étois borné par le temps, combien ne me seroit-il pas facile d'en multiplier les exemples! Je dois maintenant vous le montrer dans sa retraite d'Hartwell, qu'il ne quittera que pour monter sur le trône de ses ancêtres. La royauté y est bien sans éclat, mais elle n'y est pas un instant sans dignité. Louis n'est pas environné de l'appareil de la puissance, mais de toute la considération que donne une haute réputation de sagesse, de lumières et de savoir. Dès son premier âge, ami des lettres et des arts, il les avoit cultivés avec autant

de goût que de succès; rien n'échappoit à la sa-
gacité de son esprit, et il n'oublioit rien de ce qu'il
avoit une fois confié à sa mémoire. Quelle variété
de connoissances! Quelle grâce dans ses discours!
Quelle fleur d'urbanité! Que de mots heureux, que
de récits pleins de sel et de finesse, sortis de sa
bouche! Tout est simple et calme dans sa royale
solitude; ce qu'il ne commande plus par le pouvoir,
il l'obtient par ses qualités personnelles. Et il faut
bien le remarquer, Messieurs : qu'un Prince tombé
du trône fixe encore sur lui les regards et les hommages des peuples en paroissant sur des champs de
bataille, en se signalant par des victoires ou par
de glorieux revers, voilà ce qu'on a vu plus d'une
fois; mais un Prince à qui il n'est pas donné d'illustrer ainsi ses disgrâces, et qui néanmoins sait
conserver pendant vingt-cinq ans une dignité toute
royale, voilà ce qui est peut-être assez rare dans
l'histoire des Princes malheureux. Il est vrai, le
malheur a par lui-même quelque chose de sacré;
mais, s'il étoit seul, croit-on qu'il suffiroit pour
attirer constamment le respect? Plus rapproché de
la France, Louis est plus à portée de bien la con-
noître. Dans ses nobles et studieux loisirs, il médite
sur les moyens d'en réparer les maux et de la gouverner avec sagesse. Sa conduite décèle toujours
le Roi, et ne fait que le préparer à être plus digne
du trône qui l'attend.

Le moment marqué dans les desseins éternels est enfin arrivé ; les enfans de Saint Louis sont à la veille de rentrer dans leur héritage. Mais comment va s'opérer cette merveille ? C'est ici que la Providence se montre à découvert. Après tant de conquêtes, tant de trônes renversés, tant de nations subjuguées, le dominateur de la France semble dire, comme ce Roi superbe d'Assyrie dont parle le Prophète : « C'est moi qui ai exécuté ces grandes » choses ; ma sagesse a été mon conseil. C'est moi » qui ai déplacé les bornes des nations, enlevé les tré- » sors des Princes, arraché les Rois de leurs trônes. » Les peuples les plus redoutables de la terre ont » été pour moi comme un nid de petits oiseaux sous » la main de celui qui le trouve ; ils m'ont été sou- » mis sans qu'il y eût personne qui osât ouvrir la « bouche pour se plaindre. » * Mais voici que Dieu, comme parle le même Prophète, visite la fierté du cœur du conquérant et l'orgueil de ses yeux altiers. La victoire l'a conduit sur les confins de l'empire moscovite ; fier de ses triomphes, fier surtout de commander la plus belle armée que la terre eût encore vue, il se livre à tous les prestiges d'une ambition en délire ; par un aveuglement sur-naturel, il s'obstine à poursuivre sa marche, mal-gré la saison des frimas, et l'ancienne capitale des Czars voit pour la première fois une armée fran-

* Isaïe, chap. 10.

3

çaise dans ses murs. Forcé à la retraite, il laisse passer le moment favorable. Vous savez comment ces formidables légions ont disparu dans ces climats glacés, et chacun de nous se rappelle combien la France entière frissonna d'horreur au récit authentique de ce désastre, le plus grand dont l'histoire ait conservé le souvenir.

Dieu tient dans ses mains les destinées des nations. Le généreux Alexandre part des rives de la Néva, s'avance sur le midi de l'Europe. L'Allemagne s'ébranle; tout s'agite sur l'Elbe et le Danube, et les trois puissans alliés marchent ensemble vers le Rhin, entraînant avec eux les princes et les peuples : après bien des batailles gagnées ou perdues, ils franchissent nos frontières, ils envahissent nos provinces, et la capitale tombe en leur pouvoir.

Mais pourquoi donc tant de désastres et tant de combats ? Pourquoi cet ébranlement des peuples et de leurs rois ? C'est que Dieu veut rétablir l'auguste maison de France. L'Europe est en travail de cette miraculeuse restauration. Le cri de justice et d'amour qui appelle Louis au trône de ses pères, se fait entendre à lui dans sa retraite : la Grande-Bretagne s'en émeut; le Prince aimable et loyal qui la gouverne, en laisse éclater une joie qui se communique à ses sujets; sa capitale arbore tous les signes, tous les emblèmes de la famille de nos Rois, et la population entière est devenue française. Cependant un noble fils de France arrive parmi nous ; il s'avance au milieu des lis et des panaches blancs, resplendissant en quelque sorte de la joie qu'il éprouve et de celle qu'il répand sur son passage. Beau jour, qui devoit être suivi d'un jour encore plus beau ! Le Roi de France paroît enfin. Je ne sais quelle ivresse de bonheur s'empare de l'immense cité qui le revoit dans son sein. Son premier soin est d'aller rendre des actions de grâces à celui par qui règnent les Rois, et d'annoncer ainsi à son peuple qu'en montant sur son trône, il va s'y montrer une image vivante de la Divinité, et faire asseoir à ses côtés la justice et la clémence.

Ici, Messieurs, revenons un instant sur les événemens que je viens de rappeler, et suivons la Providence dans l'accomplissement de ses desseins à l'égard de la monarchie, de la famille royale et de la religion.

Une fausse politique, bien différente de celle qui les anime aujourd'hui, avoit égaré les puissances étrangères et leur avoit inspiré d'ambitieuses pensées sur la France : eh bien ! le Ciel permet que les armées françaises, constamment victorieuses, déconcertent leurs projets ; le sol de la patrie ne sera point entamé, et la France de Louis XIV est encore la France de Charles X.

Les ennemis de la religion affectoient de dire,

3..

pour la rendre odieuse et méprisable, qu'elle éner-
voit le courage, qu'avec leurs croyances et leurs
pratiques les chrétiens n'étoient pas faits pour
combattre : eh bien! le Ciel permet que la chrétienne
Vendée devienne la terre de l'héroïsme, et fasse voir
l'alliance de ce que la piété a de plus simple et de
plus populaire, avec ce que le courage peut avoir
de plus entreprenant et de plus audacieux.

Deux monstres, celui de l'impiété et celui de
l'anarchie, sembloient devoir ravager pour toujours l'Église et l'État : eh bien! le Ciel suscite un
homme qui les enchaîne de son bras puissant,
relève les autels abattus, comprime ces sociétés
d'autant plus ennemies des peuples qu'elles se
disent plus populaires, et, sans le savoir, prépare
ainsi pour les Bourbons une France monarchique
et catholique tout-à-la-fois.

Un philosophisme qui se croyoit la sagesse, disoit que la religion n'avoit plus de racines dans la foi
des peuples, et qu'elle tomberoit si elle étoit aban-
donnée à ses seules forces; même il avoit espéré
de faire trouver fausses les promesses de perpétuité
faites à l'Église chrétienne par son divin fonda-
teur. Eh bien! le sanctuaire est dépouillé, ses pon-
tifes sont dans l'indigence, ses prêtres languissent
dans l'exil ou meurent sur les échafauds; les choses
saintes sont l'objet de la dérision publique, tous
les appuis humains sont brisés, tout l'éclat extérieur

a disparu : et toutefois, quand le moment est arrivé, la religion sort toute vivante du fond des cœurs, où elle s'étoit réfugiée comme dans un asile inviolable. Ce n'est pas tout ; le chef de l'Eglise est captif. Mais qu'on ne s'y trompe pas ; l'univers le contemple : sa prison a plus d'éclat que le Vatican avec toute sa magnificence ; ses chaînes sont plus glorieuses que sa tiare. La renommée de ses vertus se répand au milieu des communions séparées de la sienne, et le monde entier s'étonne de se trouver catholique par un sentiment d'admiration dont il ne peut se défendre. Enfin le vicaire de Jésus-Christ est rendu au peuple romain à l'époque où les enfans de Saint Louis et de Henri IV sont rendus au peuple français. Dieu l'a voulu ainsi pour la consolation de son église et l'instruction de la terre ; et c'est bien en ce jour qu'il faut plus que jamais répéter les paroles que Bossuet, d'après les livres saints, faisoit entendre sur la tombe d'une Reine malheureuse : « Comprenez maintenant, ô Rois ; instruisez-vous, » vous qui êtes appelés à gouverner les nations. » *Et nunc, Reges, intelligite ; erudimini, qui judicatis terram.*

Je passe à des jours qui sont plus particulièrement des jours de miséricorde. Je vais montrer Louis sur son trône, qu'il est si digne d'occuper par sa haute sagesse : sujet de la seconde partie.

SECONDE PARTIE.

Le temps de justice a fait place au temps de miséricorde ; la famille de nos Rois est rendue à notre amour ; elle est à nous comme nous sommes à elle : on peut bien l'appeler nationale, tant elle est nécessaire au bonheur, à la durée, à l'existence politique de notre nation. Une ère nouvelle commence, qui portera dans la postérité le nom qu'elle porte aujourd'hui, celui de restauration.

C'est ici, Messieurs, qu'il importe d'être vrai sans rigueur comme sans foiblesse : s'il ne faut pas que la flatterie vienne ramper sur la tombe des Rois, il ne faut pas non plus que la haine et l'envie viennent y faire entendre leurs injurieuses clameurs. Les Rois aussi sont hommes comme nous ; plus leurs devoirs sont étendus et difficiles, moins on doit s'étonner qu'ils participent à la fragilité commune. Soyons équitables, et, pour bien apprécier les choses, plaçons-nous au milieu des circonstances où se trouve Louis en arrivant au trône.

Rassasiée de batailles et d'une renommée qui avoit coûté tant de sang et de larmes et porté si souvent dans les familles le trouble et le deuil, lasse du sceptre qui pesoit sur elle depuis long-temps, la France désiroit à-la-fois et plus de repos et plus de liberté. Elle étoit peuplée de générations

anciennes qui donnoient au passé des regrets légi-
times, et de générations nouvelles qui ne connois-
soient que le présent. Il ne s'agit pas de policer
un peuple enfant qui entre dans la vie sociale, ni
de ramener au devoir, après quelques écarts pas-
sagers, un peuple profondément religieux et docile:
il s'agit de gouverner un peuple travaillé depuis
un siècle par des doctrines de licence et d'impiété,
divisé par les intérêts comme par les opinions; un
peuple usé par la civilisation même, devenu étranger, du moins en grande partie, à un ordre de
choses suranné pour lui et qu'il ne connoît que
par l'histoire; qui s'irriteroit de remèdes trop vio-
lens, qui tomberoit en langueur par des remèdes
trop doux. Oh! qu'il faut une main habile et sage
pour guérir tant de maux! La France se présente
à Louis, non telle qu'il l'a laissée, mais telle que
la révolution l'a faite, comme se présenteroit à son
ancien maître une maison ruinée par le temps et
ravagée par l'incendie.

Certes, Messieurs, je ne suis pas du nombre de
ceux qui croient qu'il falloit élever un mur d'airain
entre ce qui avoit été et ce qui alloit être, compter
pour rien les traditions et l'expérience des siècles,
renier en quelque sorte ses ancêtres et répudier
leur héritage de gloire et de vertus, se laisser em-
porter avec insouciance, sans réflexion, sans dis-
cernement, au torrent des opinions nouvelles. Le

premier devoir des gouvernemens, c'est de lutter
contre les passions indociles pour les soumettre au
joug des lois, contre la licence pour le maintien de
la liberté commune, contre l'esprit d'innovation
pour le repos de la société, contre l'impiété pour
la défense de la religion, la meilleure sauvegarde
des mœurs et des lois ; et c'est surtout de l'homme
public qu'il est vrai de dire que sa vie est un combat
perpétuel.

Mais je sais aussi qu'on est forcé plus d'une fois
de respecter les ravages du temps, qu'il n'est pas
au pouvoir des vivans de rappeler les morts du
fond de leurs tombeaux, que le temps met dans
les esprits des dispositions dont les hommes ne sont
plus les maîtres, et qu'après une longue suite de
secousses et de dévastations dans l'ordre religieux et
politique, il peut devenir aussi impossible de recons-
truire l'édifice social tel qu'il étoit, qu'il seroit in-
sensé de n'en rien conserver. Que fera donc Louis?
sera-t-il exclusivement dominé par les doctrines, les
habitudes, les usages dans lesquels il a été nourri,
élevé dès ses premières années ? ou bien va-t-il, en
novateur, quitter les routes monarchiques, pour se
jeter dans ces vagues théories qui ont toujours pro-
mis la paix et la sécurité sans les donner jamais?
Il ne fera ni l'un ni l'autre. Il ne tentera pas de
relever l'ancien édifice tout entier ; la plupart des
pierres qui le composoient ne sont pas seulement

dispersées, elles ne sont plus que de la poussière.
Il se gardera bien de dédaigner le passé; ce seroit
l'infaillible moyen de ne pas avoir d'avenir. Il s'at-
tachera à rajeunir l'antique monarchie, à renouer
plutôt qu'à finir de briser la chaîne des générations.
Il sait que si la politique, comme la morale, a ses
maximes inviolables, leur application n'a rien d'ab-
solu; qu'elle se modifie par l'empire des circonstances, par les mœurs, le génie et les besoins des
peuples. Législateur ferme et sage à-la-fois, rien
ne le fera fléchir devant ces doctrines d'anarchie
qui, en déplaçant le pouvoir pour le confier aux
caprices de la multitude, mettent dans la société
un levain éternel de révolutions; mais en même
temps, dans ce qui est commandé par l'intérêt de
tous, il comprendra qu'il doit plier devant la force
des choses. D'après la maxime d'un ancien, il
donnera à la France les institutions qu'il la croit
capable de porter, et qui ne seront à ses yeux que
le développement, devenu indispensable, de celles
qu'il étoit dans la pensée de Louis XVI de lui
donner; il laissera au temps ce qui n'appartient
qu'au temps, le soin de révéler les avantages comme
les imperfections de son ouvrage. Ainsi, sous la
main du pilote habile qui le dirige, le vaisseau de
l'État voguera sur une mer encore agitée, sans
craindre les écueils. Que si la tempête vient l'assaillir

4

de nouveau, elle n'est que passagère : le calme renaît; le génie du mal s'enfuit et disparoît pour toujours.

Louis sera donc révéré comme le restaurateur de la monarchie française. Mais que de difficultés dès l'entrée même de la carrière! Comment d'abord le sol de la patrie sera-t-il délivré des armées étrangères qui l'occupent, qui sont en possession de ses places fortes, et qui peuvent être tentées de dicter des lois? Messieurs, tout est possible à la sagesse, aux efforts du possesseur véritable du trône de France : la légitimité a un ascendant sur les esprits qui se fait sentir à tous; elle exerce un empire d'autant plus assuré qu'il est moins violent; elle porte avec elle un caractère de justice qui est imposant aux yeux même de la force. Tous les souverains ont senti qu'il étoit de l'intérêt de tous de respecter les droits de chacun, et, heureusement pour le repos de l'Europe, la légitimité est la première des puissances qui la régissent.

La France, il est vrai, se ressentira bien des blessures profondes qu'elle a reçues; mais le temps en effacera les traces. Et ici, Messieurs, comment ne pas s'honorer d'être Français? Quel pays que celui qui, après tant de bouleversemens intérieurs, tant de sang répandu, tant de trésors épuisés, tant de dévastations et de ruines, tant d'horribles im-

piétés, tant de désastres, suite inévitable de dissen-
sions intestines et d'un double envahissement; quel
pays, dis-je, que celui qui, après de si longues calamités, voit les arts prendre un nouvel essor,
l'industrie faire des progrès étonnans, les lois re-
couvrer leur empire, la fortune publique arriver à
un état de prospérité que la France n'avoit jamais
connu, les sciences et les lettres compter dans tous
les genres tant d'écoles florissantes, la religion re-
trouver un peuple qui reçoit avec tant de joie les
pasteurs qu'on lui donne, le calme et la sécurité
régner en tous lieux! Français, voilà les bienfaits
de la restauration!

Mais, en rendant justice à ce qui est, je ne dois
pas me laisser éblouir par tout cet éclat de félicité
publique: le caractère sacré dont je suis revêtu, la
présence du Dieu de vérité, l'amour de mes conci-
toyens, tout me presse de signaler, de déplorer,
dans cette circonstance solennelle, un mal d'autant
plus redoutable qu'on s'en inquiète moins, et qui,
en fomentant tous les jours dans le corps social les
passions les plus désordonnées, y entretient, y dé-
veloppe le principe le plus actif de dissolution et de
mort, mal qui suffiroit seul pour déconcerter, pour
ruiner toutes les combinaisons de la politique humaine ; je veux parler de la circulation de cette
multitude de livres funestes qui portent dans les

familles, avec les mauvaises doctrines, la corruption qu'elles justifient. Dans ce siècle tout est per-
verti : on dénature notre histoire en ne recueillant
que des traits d'ignorance ou de scandale, en pré-
sentant les faits sous un faux jour, et la jeunesse
n'apprend ainsi qu'à dédaigner nos pères comme
des hommes odieux et ridicules ; on dénature la
religion, en rappelant les maux dont elle a été
quelquefois le prétexte, et en jetant un voile sur
les biens immenses dont elle est la source. Rien
n'est oublié de ce qui peut affoiblir ou même briser
les liens qui doivent nous attacher aux maximes
monarchiques et chrétiennes des âges passés. Dans
toutes ces productions, les notions du bien et du
mal sont altérées : la piété est unefoiblesse ; l'obéissance, une servitude ; le respect pour le sacerdoce,
une superstition ; le mépris de toute religion, une
noble indépendance. Et quel est donc le fruit de
tous ces enseignemens qu'on a tant de soin de faire
descendre jusqu'aux dernières classes du peuple ?
C'est d'aller dessécher dans les cœurs les germes
de la vertu, d'étouffer la conscience, de rendre les
hommes méchans par système ; c'est de former au
milieu de nous des familles sans aucun frein religieux, d'où sortent de jeunes criminels qui con-
noissent les raffinemens du vice presque dans l'âge
de l'innocence ; c'est de faire voir sur l'échafaud des

malfaiteurs qui donnent à la multitude l'effrayant exemple de mourir dans le crime sans crainte et sans remords.

Tel, vous le savez, a paru l'auteur de cet exécrable forfait qui vint, il y a quelques années, jeter dans la France entière la douleur et la consternation. Mais écartons ces cruels souvenirs pour rappeler seulement et l'héroïsme chrétien de la royale victime, et l'héroïsme maternel de l'auguste veuve qui portoit dans son sein la fortune de la France, et la naissance merveilleuse de cet autre Henri qui, un jour, se montrera digne de son nom.

Salut, enfant de miracle! oui, vous vivrez, vous croîtrez dans les vertus de vos pères, vous régnerez sur nos neveux. Le Dieu qui vous a fait naître pour notre consolation, saura bien vous conserver pour leur bonheur. Que si mes pressentimens ne me trompent pas, si mes vœux sont accomplis, vous arriverez assez tard au trône pour que vous puissiez être mûri par l'expérience et par les grands exemples que le Ciel aura mis sous vos yeux.

Remarquez au reste, Messieurs, comment la Providence, qui ne permet le mal, suivant Saint Augustin, que parce qu'elle est assez puissante pour en tirer du bien, a fait servir le crime au triomphe de la cause royale. L'autorité alarmée en devient plus vigilante; on sent davantage où peuvent conduire l'oubli de la religion et l'amour d'une farouche indépendance ; on se rallie plus que jamais autour du trône et de l'autel. Quelques factieux pourront bien s'agiter encore ; mais leurs efforts seront vains. Rien n'a pu d'abord arrêter une révolution qui écrasoit tout ce qu'elle trouvoit sur son passage ; rien désormais ne résistera à la force de la légitimité.

Le règne de Louis avance vers son terme ; mais ce Prince n'a pas encore rempli toute sa destinée. Il disoit lui-même que le Ciel l'avoit appelé à fermer l'abîme des révolutions, et voilà ce qu'il exécute avec autant de fermeté que de sagesse. L'Espagne est en proie à tous les fléaux d'une anarchie dévorante ; le peuple y est d'autant plus opprimé qu'on affecte davantage de l'appeler souverain, et son Roi d'autant plus captif qu'on proclame davantage sa liberté. Là sont enseignées toutes les doctrines subversives de l'ordre social : c'est un incendie qui, gagnant de proche en proche, peut embraser le monde encore une fois. Les Rois sages qui le gouvernent ont les yeux ouverts sur le danger, et la France a reçu la noble mission de venger la cause commune. Armez-vous, Prince vaillant et sage ; allez où votre Roi vous envoie, où la gloire vous appelle. Jeunes et vieux soldats, tout va marcher sur vos pas avec une ardeur égale. Je vous vois traversant la péninsule en triomphateur pacifique, faisant aimer vos victoires par vos vertus, poursuivant, enchaînant enfin le génie sanglant des révolutions, et, sujet fidèle, revenant déposer aux pieds de votre Roi l'épée qu'il vous avoit confiée pour l'honneur de son trône et le repos de l'Europe entière.

Tout ce que nous avons raconté, Messieurs, suffiroit bien pour illustrer le règne de Louis. Mais pourrois-je passer sous silence le dernier acte de sa volonté royale, qui met le comble à sa gloire, et qu'on peut nommer le testament de mort du Roi Très-Chrétien? et ne dois-je pas regretter que ma position présente ne me laisse pas la liberté de m'étendre sur une détermination si précieuse pour l'Église de France, et qui, accueillie avec une pieuse reconnoissance par vingt-neuf millions de catholiques, ne doit faire ombrage à personne? La religion de l'État aura donc toute la dignité qui lui convient, mais sans blesser en rien ce qui est consacré par les lois; elle régnera sur nos cœurs, non point dans un esprit de domination et de faste, mais dans un esprit de paix et de bienveillance; toujours inflexible contre l'erreur, parce qu'elle est vérité; toujours condescendante envers les personnes, parce qu'elle est charité.

La carrière politique de Louis XVIII est terminée. Depuis quelque temps on remarquoit en lui un affaissement, présage trop certain de sa fin prochaine. Il conserve néanmoins une admirable présence d'esprit : s'il est accablé, il n'est pas vaincu ; il lutte avec effort, voulant porter dignement jusqu'au bout le poids de la royauté. Il disoit qu'un Roi peut mourir, mais qu'il ne doit pas être malade. Il semble que la vigueur de son ame soutienne la défaillance de son corps ; les étrangers comme les Français, admis aux pieds de son trône, sont étonnés de tout ce qu'il y a encore de vivacité et de sagesse dans ses discours. Cependant ses forces trahissent son courage ; il ne lui est plus permis de quitter son lit de douleur : dès ce moment, il désire de recevoir les sacremens de l'Église ; sa piété console, en l'édifiant, sa famille en pleurs ; consolé, fortifié lui-même par les secours divins qui lui ont été administrés, il se recueille pour méditer les années éternelles ; bientôt après il lève un bras défaillant sur des têtes augustes et chères, et appelle sur elles toute l'abondance des bénédictions célestes. On sait avec quelle sollicitude le peuple entouroit sa royale demeure. Non, ce n'étoit pas une curiosité vaine qui l'animoit, c'étoit un sentiment de tendre vénération ; il gardoit un religieux silence, qu'il interrompoit à peine pour s'informer de l'état de l'auguste malade, comme s'il avoit craint de

troubler son repos. Mais le mal a fait des progrès
rapides; on croit que le moment est venu de réci-
ter les prières touchantes par lesquelles la religion
dispose ses enfans à quitter la vie. Il entend avec
résignation cette parole dure à notre foiblesse, mais
pleine d'immortalité : « Partez, ame chrétienne;
» partez. » *Proficiscere, anima christiana.* Peu à peu
la nature s'épuise; elle succombe : le Roi a rendu
le dernier soupir. Ici de quelle scène de douleur
et de désolation n'avons-nous pas été les témoins!
Nous avons vu les Princes et Princesses de la
royale famille, baignés dans leurs larmes, tomber
à genoux et baiser respectueusement cette main
qui a porté le sceptre, et maintenant glacée par la
mort. La funeste nouvelle se répand dans la capitale; elle passe dans les provinces : partout elle
éveille les mêmes sentimens, et LOUIS XVIII est
comme enseveli dans les regrets et les bénédictions
de la France entière.

Il vivra dans nos annales, ce règne de dix ans
qui vient de finir; il y occupera une place glorieuse
pour le Monarque comme pour son peuple. C'est
un vaste tableau qui, plus que tout autre, demande
à être considéré dans son véritable point de vue.
Les contemporains en sont trop rapprochés; ils
sont placés de manière à remarquer ses imperfections plutôt que ses beautés. Les générations sui-

vantes se trouveront à une distance convenable ;
pour elles les instrumens du bien comme du mal
auront disparu ; elles verront bien moins les hommes
que les choses, bien moins les détails que l'ensemble ; les intérêts privés, les rivalités, la diversité
des opinions, les illusions de l'amitié ou de la haine,
ne viendront pas offusquer les esprits. La postérité
blâme sans amertume et loue sans flatterie, parce
qu'elle juge sans passion. Si elle ne croit pas devoir
tout admirer, ne sera-t-elle pas étonnée du moins
qu'au milieu de si nombreux et de si grands obstacles, du choc de tant d'opinions désordonnées,
Louis ait pu guérir des plaies aussi profondes, préparer le remède à celles qui restent encore, marcher
avec succès vers une régénération universelle, dis-
poser et conduire les choses de manière que le passage d'un règne à l'autre, qui pouvoit paroître si
périlleux, se soit effectué sans la plus légère se-
cousse, tout aussi paisiblement que dans les plus
beaux règnes de la monarchie ? Louis a laissé la
France tranquille au-dedans, puissante au-dehors,
remontée au rang politique qu'elle est faite pour
occuper dans le monde civilisé, et ses regards se
sont fermés sur la France restaurée par sa sagesse.

Messieurs, le Dieu qui frappe est aussi le Dieu
qui console. Un Prince de sage et pacifique mémoire nous a été ravi ; un Prince de douce et tendre

espérance nous est donné. Il règne ce Prince si
vrai, si noble, si Français, qu'on ne voit pas sans
l'aimer, qu'on n'entend pas sans être ému, dont
toutes les paroles ont pour le cœur un charme qui
entraîne, parce qu'elles sortent du cœur qui les
inspire : il arrive au trône avec une connoissance
approfondie des hommes et des choses. Chrétien,
il mettra dans son gouvernement la religion qui
est dans son ame. Il sait que le Ciel commande
aux Princes la justice, comme aux peuples l'obéissance, et que, pour régner avec gloire, il doit faire
régner Dieu par son autorité comme par ses
exemples.

Pour nous, chrétiens, écoutons les leçons que
nous donne cette pompe funèbre. Le palais des Rois
a quelque chose d'éblouissant; la grandeur y jette
un éclat qui en cache la fragilité; tout y est illusion,
jusqu'au moment où la mort vient dissiper le pres-
tige et mettre à découvert le néant de tout ce qui
est humain. C'est au même lieu où le Monarque,
entouré des grands de sa cour, de ses vaillans
capitaines, des premiers hommes de l'État, rece-
voit les hommages de ses peuples et ceux des
envoyés de l'Europe entière, c'est dans ce même
lieu qu'étoient déposés ses restes inanimés; et,
chose frappante ! c'est sur son trône même qu'étoit
placé son cercueil !

Mais qu'est-il besoin d'aller chercher ailleurs que dans cette enceinte des exemples de la caducité des choses humaines? Nous l'avions vue, cette basilique, remplie de tombes royales, de mausolées, de colonnes, d'inscriptions qui étoient comme la chronologie sensible des races de nos Rois et des divers âges de la monarchie. Mais ce que le temps avoit épargné, la fureur des hommes l'a détruit. Ces monumens ont disparu; les tombeaux ont été violés; les cendres de quarante générations de Rois ont été profanées. Tout cela ne vivra plus que dans l'histoire : même il viendra ce jour qui n'aura pas de fin, où l'histoire ne sera plus, parce qu'il n'y aura plus de temps, jour qui seul est digne, mes frères, de fixer les désirs de vos ames immortelles. Puissé-je moi-même, après avoir paru, sans doute pour la dernière fois, dans la chaire chrétienne, en descendre pénétré de cette pensée, qu'il n'est rien de grand que Dieu, et rien de stable que l'éternité!

FIN.

www.ingramcontent.com/pod-product-compliance
Lightning Source LLC
Chambersburg PA
CBHW060854180626
46818CB00004B/1699